AF444119